ALFAGUARA INFANTIL

ALFAGUARA

Título original en inglés:
Frog and Toad Are Friends

© 2000, 1997, Santillana USA Publishing Company, Inc.
2023 NW 84th Avenue, Miami, FL 33122
© Del texto: 1970, Arnold Lobel
© 1979, Alfaguara, S.A.
© 1987, Altea, Taurus, Alfaguara, S.A.

Traducción de Pablo Lizcano

Alfaguara es un sello editorial del **Grupo Santillana.**
Éstas son sus sedes:

ARGENTINA, BOLIVIA, CHILE, COLOMBIA, COSTA RICA,
ECUADOR, EL SALVADOR, ESPAÑA, ESTADOS UNIDOS,
GUATEMALA, MÉXICO, PANAMÁ, PARAGUAY, PERÚ, PUERTO RICO,
REPÚBLICA DOMINICANA, URUGUAY Y VENEZUELA

ISBN 10: 84-204-3043-9
ISBN 13: 978-84-204-3043-0

Published in the United States
Printed in Colombia by D'vinni S.A.

13 12 11   10 11 12 13 14

Sapo y Sepo
son amigos

Arnold Lobel

ALFAGUARA
INFANTIL

Índice

PRIMAVERA   6

EL CUENTO   18

UN BOTÓN PERDIDO   30

UN BAÑO   42

LA CARTA   55

Primavera

Sapo subió corriendo por el sendero
a la casa de Sepo.

Llamó a la puerta.

Nadie contestó.

—Sepo, Sepo, —gritó Sapo—,
despierta. ¡Ha llegado
la primavera!

—Bah —dijo una voz
dentro de la casa.

—¡Sepo! ¡Sepo! —gritó Sapo—.
¡Brilla el sol!

La nieve se está derritiendo.

¡Despierta!

—Yo no estoy —dijo la voz.

Sapo entró en la casa.

Estaba oscuro.

Todas las contraventanas

estaban cerradas.

—Sepo, ¿dónde estás?

—lo llamó Sapo.

—Vete —dijo la voz

desde una esquina de la habitación.

Sepo estaba en la cama.

Se había echado las mantas

por encima de la cabeza. Sapo

sacó a Sepo de la cama empujándolo.

Lo sacó de la casa empujándolo

hasta el porche de entrada.

Sepo parpadeó por el brillo del sol.

—¡Socorro! —dijo Sepo—.

No puedo ver nada.

—No seas bobo —le dijo Sapo—.

Lo que ves es la

clara luz cálida de abril.

Y eso significa

que podemos empezar

todo un nuevo año juntos, Sepo.

Date cuenta, podremos saltar

por los prados y correr por los bosques

y nadar en el río.

Por las tardes nos sentaremos

aquí mismo en este porche

y contaremos las estrellas.

—Cuéntalas tú, Sapo

—dijo Sepo—. Yo estaré demasiado

cansado. Me vuelvo a la cama.

Sepo volvió a entrar en la casa.

Se metió en la cama

y se echó las mantas

otra vez por encima de la cabeza.

—Pero Sepo —gritó Sapo—,

¡te vas a perder todo lo divertido!

—Escucha, Sapo —dijo Sepo—.

¿Cuánto tiempo he estado dormido?

—Has estado dormido
desde noviembre —dijo Sapo.
—Bueno —dijo Sepo—,
entonces un poco más de sueño
no me hará daño.
Vuelve otra vez y despiértame
a mediados de mayo.
Buenas noches, Sapo.

—Pero Sepo —dijo Sapo—,

hasta entonces estaré solo.

Sepo no contestó.

Se había quedado dormido.

Sapo miró el calendario de Sepo.

La página de noviembre estaba

todavía encima.

Sapo arrancó la página de noviembre.

Arrancó la página de diciembre.

Y la página de enero,

la página de febrero,

y la página de marzo.

Llegó a la página de abril.

Sapo arrancó también

la página de abril.

Luego Sapo volvió corriendo

a la cama de Sepo.

—Sepo, Sepo, despierta. Ya es mayo.

—¿Qué? —dijo Sepo—.

¿Puede ser mayo tan pronto?

—Sí —dijo Sapo—. Mira tu calendario.

Sepo miró el calendario.

La página de mayo estaba encima.

—¡Pues sí, *es* mayo! —dijo Sepo,

mientras salía trepando de la cama.

Luego, él y Sapo

corrieron afuera

a ver cómo estaba el mundo

en primavera.

El cuento

Un día de verano

Sapo no se sentía bien.

Sepo le dijo:

—Sapo, estás completamente verde.

—Pero yo siempre estoy verde

—dijo Sapo—. Soy un sapo.

—Hoy estás muy verde, incluso para

ser un sapo —dijo Sepo—.

Métete en mi cama y descansa.

Sepo le hizo a Sapo una taza de té

bien caliente

Sapo se bebió el té y luego dijo:

—Cuéntame un cuento

mientras descanso.

—Está bien —dijo Sepo—. Déjame

pensar en un cuento para contarte.

Sepo pensaba y pensaba,

pero no se le ocurría un cuento

para contarle a Sapo.

—Saldré al porche

y pasearé de un lado a otro

—dijo Sepo—. Quizás eso me ayude

a imaginarme un cuento.

Sepo paseó de un lado a otro

del porche durante mucho rato,

pero no se le ocurría un cuento

para contarle a Sapo.

Luego Sepo entró en la casa

y se puso cabeza abajo.

—¿Por qué te pones

cabeza abajo? —le preguntó Sapo.

—Espero que estar cabeza abajo

me ayude a imaginarme un cuento

—dijo Sepo.

Sepo estuvo cabeza abajo

durante mucho rato.

Pero no se le ocurría

un cuento para contarle a Sapo.

Luego Sepo

se echó un vaso de agua

en la cabeza.

—¿Por qué te echas agua

en la cabeza? —le preguntó Sapo.

—Espero que echarme agua

en la cabeza

me ayude a imaginarme

un cuento —dijo Sepo.

Sepo se echó muchos vasos de agua

en la cabeza.

Pero no se le ocurría

un cuento para contarle a Sapo.

Luego Sepo empezó
a golpearse la cabeza
contra la pared.

—¿Por qué te golpeas
la cabeza contra la pared?
—le preguntó Sapo.

—Espero que golpeándome
duramente
la cabeza contra
la pared,
podré imaginarme
un cuento —dijo Sepo.

—Ya me siento mucho mejor, Sepo

—dijo Sapo—. Creo

que ya no necesito un cuento.

—Entonces sal de la cama

y déjame meterme a mí —dijo Sepo—

porque ahora yo me siento fatal.

Sapo dijo:

—¿Te gustaría que yo

te contara un cuento, Sepo?

—Sí —dijo Sepo—, si sabes alguno.

—Había una vez —dijo Sapo—

dos buenos amigos sapos:

uno se llamaba Sapo y el otro, Sepo.

Sapo no se sentía bien.

Y pidió a su amigo Sepo

que le contara un cuento.

Sepo no supo imaginarse un cuento.

Paseó de un lado al otro del porche,

pero no se le ocurría un cuento.

Se puso cabeza abajo,

pero no se le ocurría un cuento.

Se echó agua en la cabeza,

pero no se le ocurría un cuento.

Se golpeó la cabeza contra la pared,

pero ni aun así se le ocurría

un cuento.

Luego fue Sepo el que no

se sintió bien,

mientras que Sapo se sentía mejor.

Así que Sepo se metió en la cama

y Sapo se levantó

y le contó un cuento.

Fin.

¿Qué tal, Sepo?

Pero Sepo no contestó.

Se había quedado

dormido.

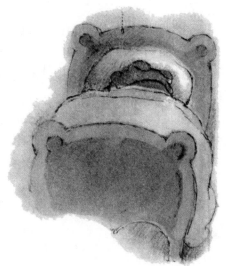

Un botón perdido

Sepo y Sapo

se fueron a dar un largo paseo.

Caminaron por

un extenso prado.

Caminaron por el bosque.

Caminaron a lo largo del río.

Al final volvieron a casa,

a la casa de Sepo.

—¡Ah, caramba! —dijo Sepo—.

No sólo me duelen los pies, sino

que he perdido

un botón del saco.

—No te preocupes —dijo Sapo—.

Volveremos

a todos los sitios por donde

anduvimos.

Pronto encontraremos tu botón.

Volvieron al extenso prado.

Empezaron a buscar el botón

entre la hierba alta.

—¡Aquí está tu botón! —gritó Sapo.

—Ése no es mi botón —dijo Sepo—.

Ese botón es negro.

Mi botón era blanco.

Sepo se metió el botón negro

en el bolsillo.

Un gorrión bajó volando.

—Perdona —dijo el gorrión—. ¿Has

perdido un botón? Yo encontré uno.

—Ése no es mi botón —dijo Sepo—.

Ese botón tiene dos agujeros.

Mi botón tenía cuatro agujeros.

Sepo se metió el botón de dos agujeros

en el bolsillo.

Vovieron al bosque

y miraron por los oscuros senderos.

—Aquí está tu botón —dijo Sapo.

—Ése no es mi botón —gritó Sepo—.

Ese botón es pequeño.

Mi botón era grande.

Sepo se metío el botón pequeño

en el bolsillo.

Un mapache salió de detrás de un árbol.

—He oído que estabas buscando

un botón —dijo—.

Aquí tengo uno que acabo de encontrar.

—¡Ése no es mi botón! —se quejó

Sepo—. Ese botón es cuadrado.

Mi botón era redondo.

Sepo se metió el botón cuadrado

en el bolsillo.

Sapo y Sepo volvieron al río.

Buscaron el botón

en el fango.

—Aquí está tu botón —dijo Sapo.

—¡Ése no es mi botón —gritó

Sepo—. Ese botón es fino.

Mi botón era gordo.

Sepo se metió el botón fino

en el bolsillo. Estaba muy enfadado.

Saltaba sin parar

y chillaba:

—¡El mundo entero

está cubierto de botones

y ninguno es el mío!

Sepo se fue corriendo a casa

y dio un portazo.

Allí, en el suelo, vio su botón blanco,

con cuatro agujeros,

grande, redondo y gordo.

—¡Oh! —dijo Sepo—.

Estuvo aquí todo el tiempo.

Cuántas molestias le he causado a Sapo.

Sepo sacó todos los botones
del bolsillo.

Cogió la caja de la costura
de la repisa.

Sepo cosió los botones
por todo el saco.

Al día siguiente Sepo le dio

su saco a Sapo.

Sapo pensó que lo había dejado precioso.

Se lo puso y saltó de alegría.

No se cayó ni un botón.

Sepo los había cosido muy bien.

Un baño

Sepo y Sapo
bajaron al río.
—Vaya día para un baño
—dijo Sapo.
—Sí —dijo Sepo—.
Me colocaré detrás de estas rocas
y me pondré el traje de baño.
—Yo no uso traje de baño
—dijo Sapo.
—Pues yo sí —dijo Sepo—.

Después de que me ponga

el traje de baño, no debes mirarme

hasta que me meta en el agua.

—¿Por qué no?

—preguntó Sapo.

—Porque me veo

ridículo en traje de baño.

Por eso —dijo Sepo.

Sapo cerró los ojos cuando Sepo

salió de detrás de las rocas.

Sepo llevaba puesto el traje de baño.

—No me mires de reojo —dijo.

Sapo y Sepo saltaron al agua.

Estuvieron nadando toda la tarde.

Sapo nadaba rápido

y salpicaba mucho.

Sepo nadaba despacio

y salpicaba poco.

Una totuga vino por la orilla del río.

—Sapo, dile a esa tortuga

que se vaya —dijo Sepo—.

No quiero que me vea

en traje de baño

cuando salga del río.

Sapo se acercó nadando a la tortuga.

—Tortuga —le dijo Sapo—,

tienes que irte.

—¿Por qué tengo que irme?

—preguntó la tortuga.

—Porque Sepo cree que

se ve ridículo en traje de baño

y no quiere que lo veas —dijo Sapo.

Unos lagartos estaban sentados

allí cerca.

—¿Se ve Sepo realmente ridículo

en traje de baño? —preguntaron.

Una serpiente salío arrastrándose

de la hierba.

—Si Sepo se ve ridículo

en traje de baño —dijo la serpiente—

entonces yo sí quiero verlo.

—Nosotros queremos
verlo también —dijeron
dos libélulas.

—Yo también —dijo un ratón

silvestre—.

No he visto nada ridículo

en mucho tiempo.

Sapo volvió nadando con Sepo.

—Lo siento, Sepo —dijo—. Todos

quieren ver qué pinta tienes.

—Entonces me quedaré aquí

hasta que se vayan —dijo Sepo.

La tortuga, los lagartos,

la serpiente, las libélulas

y el ratón silvestre,

todos se sentaron en la orilla del río.

Esperaban que Sepo saliera

del agua.

—Por favor —gritó Sepo—.

¡Por favor, márchense!

Pero nadie se fue.

Sepo tenía cada vez más frío.

Empezaba a tiritar y a estornudar.

—Tendré que salir del agua

—dijo Sepo—. Me estoy resfriando.

Sepo salío del río

a rastras.

El agua chorreaba de su traje

de baño

y le caía a los pies.

La tortuga se echó a reír.

Los lagartos se echaron a reír.

La serpiente se echó a reir.

El ratón silvestre se echó a reír.

Y Sapo se echó a reír.

—¿De qué te ríes, Sapo?

—dijo Sepo.

—Me río de ti, Sepo

—dijo Sapo—,

porque te ves *de verdad* ridículo

en traje de baño.

—Por supuesto que sí —dijo Sepo.

Entonces recogió su ropa

y se fue a casa.

La carta

Sepo estaba sentado en el porche.

Sapo pasó por allí y dijo:

—¿Qué te pasa, Sepo?

Pareces triste.

—Sí —dijo Sepo—.

Éste es mi rato triste del día.

Es el momento

en que espero que venga el correo.

Me hace siempre muy desgraciado.

—¿Y eso por qué? —preguntó Sapo.

—Porque nunca recibo cartas

—dijo Sepo.

—¿Nunca? —preguntó sapo.

—No, nunca —dijo Sepo—. Nadie me ha

enviado nunca una carta.

Todos los días mi buzón está vacío.

Es por lo que esperar el correo

es un momento triste para mí.

Sapo y Sepo se sentaron en el porche,

sintiéndose tristes juntos.

Luego Sapo dijo:

—Tengo que irme a casa ya, Sepo.

Hay algo que debo hacer.

Sapo se marchó a su casa rápidamente.

Buscó un lápiz

y un trozo de papel.

Escribió en el papel.

Metió el papel en un sobre.

En el sobre escribió

"CARTA PARA SEPO".

Sapo salió corriendo de su casa.

Vio un caracol al que conocía.

—Caracol —dijo Sapo—,

por favor, toma esta carta para Sepo

y ponla en el buzón de su casa.

—De acuerdo —dijo el caracol—.

Ahora mismo.

Luego Sapo volvió corriendo a la casa
de Sepo. Éste estaba en la cama,
echándose la siesta.

—Sepo —dijo Sapo—,
creo que debes levantarte
y esperar el correo un poco más.

—No —dijo Sepo—,
estoy cansado de esperar el correo.

Sapo miró por la ventana
el buzón de Sepo.

El caracol no había llegado todavía.

—Sepo —dijo Sapo—, nunca se sabe
cuándo puede enviarte alguien
una carta.

—No, no —dijo Sepo—. Creo que

nadie me enviará una carta.

Sapo miró por la ventana.

El caracol todavía no había llegado.

—Pero, Sepo —dijo Sapo—,

alguien puede enviarte una carta hoy.

—No seas bobo —dijo Sepo—.

Nadie me ha enviado nunca

una carta antes y nadie

me enviará una carta hoy.

Sapo miró por la ventana.

El caracol todavía no había llegado.

—Sapo, ¿por qué te quedas mirando

por la ventana? —preguntó Sepo.

—Porque ahora estoy esperando

el correo —dijo Sapo.

—Pero no habrá nada —dijo Sepo.

—¡Oh!, sí que habrá —dijo Sapo—,

porque yo te he enviado una carta.

—¿De verdad? —dijo Sepo—.

¿Qué has escrito en la carta?

Sapo dijo:

—Escribí: "Querido Sepo, estoy

contento de que tú

seas mi mejor amigo.

Tu mejor amigo, Sapo."

—¡Oh! —dijo Sepo—,

es una carta preciosa.

Entonces Sapo y Sepo salieron

al porche de la entrada

a esperar el correo.

Se sentaron allí,

sintiéndose felices juntos.

Sapo y Sepo esperaron mucho rato.

Cuatro días más tarde

el caracol llegó a la casa de Sepo

y le dio la carta de Sapo.

Sepo se alegró mucho de recibirla.